KB112636

당신의 강

본 도서는 2020년 부산광역시, 부산문화재단 지역문화예술특성화지원사업으로 지원을 받았습니다. 부산광역시 BUSAN METROPOLITAN CITY B.OOOC 부산문화재단 BUSAN CULTURAL FOUNDATION

# 당신의 강

발행일       2020년 6월 17일

지은이       서태수
펴낸이       손형국
펴낸곳       (주)북랩
편집인       선일영                                              편집    강대건, 최예은, 최승헌, 김경무, 이예지
디자인       이현수, 한수희, 김민하, 김윤주, 허지혜            제작    박기성, 황동현, 구성우, 장홍석
마케팅       김회란, 박진관, 장은별
출판등록     2004. 12. 1(제2012-000051호)
주소         서울특별시 금천구 가산디지털 1로 168, 우림라이온스밸리 B동 B113~114호, C동 B101호
홈페이지     www.book.co.kr
전화번호     (02)2026-5777                                        팩스    (02)2026-5747

ISBN        979-11-6539-247-5 03810 (종이책)                    979-11-6539-248-2 05810 (전자책)

이 도서의 국립중앙도서관 출판예정도서목록(CIP)은 서지정보유통지원시스템 홈페이지(http://seoji.nl.go.kr)와
국가자료공동목록시스템(http://www.nl.go.kr/kolisnet)에서 이용하실 수 있습니다.
(CIP제어번호: CIP2020024766)

**(주)북랩** 성공출판의 파트너

북랩 홈페이지와 패밀리 사이트에서 다양한 출판 솔루션을 만나 보세요!

**홈페이지** book.co.kr   •   **블로그** blog.naver.com/essaybook   •   **출판문의** book@book.co.kr

낙동강 연작 제6 시조집

# 당신의 강

서태수 지음

북랩 book Lab

<서시>

# 땡처리 시정

- 낙동강·467


내 읊는 낙동강 시도
전립선염 앓나 보다
물줄기도 시원찮고 양도 변변찮아
강인 척 축 늘어져서 밭고랑만 더럽힌다


새 물도 솟지 않고 고인 물도 탁해진 강
땡처리 마음먹고 강둑까지 헐었는데
바닥은 마르지 않고 찌적찌적 물 고이네


박수칠 때 붓 놓으면 품절品切 걸작 남겠지만
마른 강도 강이랍시고 찔끔, 찔끔, 솟는 맹물
펜으로 바닥물 찍어 땡처리를 하고 있다


2020. 초여름
서낙동강 끝자락 [聽洛軒]에서

서태수

## 차례

## 제2부 5%만 미치자

## 제3부  고독 누리기

# 제5부 디지털 영결식

제1부

# 꽃이 얄밉다

# 꽃이 얄밉다

- 낙동강·523

꽃은 참 얄밉다
너무 예뻐 얄밉다
뻣뻣한 가지 끝에 생뚱맞게 아름다워
해마다 다시 피다니 그것이 또 얄밉다

해 저무는 황혼 무렵 강가에 서서 보니
유구한 물굽이도 한 번 가면 못 오는 길
그 물 위 동동 떠가는 저 꽃잎은 더 얄밉다

# 통나무 의자

- 낙동강·486


세상의 외진 길에 의자 하나 놓여 있다
엉덩이 걸터앉자 피돌기가 시작되는지
물무늬 나뭇결 따라 온기가 살아난다


물을 자아올리는 뿌리의 기억 따라
팽팽한 물길 당겨 상류로 올라가니
저만치 옹이로 아문 옛 상처도 박혔다


살아온 한 생애가 이리도 따뜻했을까
만나는 사람마다 흠뻑 적시는 푸른 온기
얼마쯤 자아올리면 이런 의자 하나 될까

# 을숙도 물길

- 낙동강·514


노인네 발걸음은
저리도 더디다
천릿길 무거운 짐들 모두 다 부렸어도
관절은 마디마디 녹아 걸음걸음 절뚝인다


송백, 천자, 명지, 신호 숱한 섬들 쌓아 놓고
을숙, 진우, 장자, 신자 땅방울을 일구더니
백합등 앵금머리등에 남은 살을 또 보탠다


햇빛에 반짝이는 강물의 뼛조각들
물마루 푸른 너머 허허바다 잠길 즈음
섬들은 뭍으로 자라 온갖 숲이 우거진다

# 허공에 흐르는 강

- 낙동강 · 463


애들아 놀러 가자, 할아버지 땅 샀단다


| 하 | 엘 |
|---|---|
| 강 | 리 |
| 하 | 베 |
| 는 | 이 |
| 수 | 터 |
| 직 | 안 |
| 의 | 에 |
| 강 | 서 |


할머니, 땅이 뭐예요?
손주 눈이 동그랗다

# 강둑 바위

- 낙동강·540


샛강변 강둑길에 바위 하나 생뚱맞다
모눈종이 화공들이 삼삼오오 모여든다
줄자로 직선을 긋고 쇠망치로 깨려 한다


길 가던 한 나그네 허공에다 말을 건다
길 한 폭 물려 돌면 운치 또한 더하리니
강물도 세상 감도는 굽잇길이 아니던가


바람 실은 갈대숲은 고개를 끄덕이고
물결 실은 어리연은 어깨를 출렁이고
우듬지 텃새 몇 마리 낄까 말까 망설인다

# 잎, 혹은 잎의 변주

- 낙동강·489


강은 믿어도 물이랑은 못 믿느니

사람은 믿어도 마음은 못 믿느니

세상의 굴곡을 따라 흔들리는 잎이려니

# 부모

- 낙동강·490


강물로 흐르는 일 혼자선 못하느니
천방지축 물줄기를 다독이는 강둑 있어
도도한 물굽이 하나 바다 향해 가느니


긴 강 감돌면서도 강둑은 못 보느니
하구를 맴돌 즈음 눈에 잡히는 먼 강둑
뒤돌아, 또 돌아봐도 물안개만 번지느니

# 새벽 무신호

- 낙동강·493


새벽, 기차를 타고 창 너머 바라보면
겹겹 성벽이 되어 웅크린 산짐승들
긴 밤내 숨을 죽인 채 귀를 쫑긋 세웠다

산짐승 뿌연 입김 피어나는 검은 골짝
청동빛 갈기 사이 눈을 뜨는 탐조등이
빛살을 촘촘 엮어서 푸른 강에 던진 투망

그물에 칭칭 감긴 불면의 용 한 마리
물비늘 반짝이는 등대로 일어서서
무신호霧信號 길게 울리며 깊은 들을 깨운다

# 물팔매

- 낙동강·537


딱따글 가문 날에 마른 밭에 물 뿌리면
메말라 더 단단해진 맨땅의 완고한 거부
흙먼지 또르르 말아 온몸으로 밀치느니

흠뻑 적시려고 물방울로 다가서지만
촉촉이 젖는 것에 익숙지 않은 마음
제 몸에 상처를 내는 팔매질로 여긴다네

메마른 가슴팍에 물 스미기 어렵느니
물방울 뿌리기 전 안개 먼저 피우시게
물에도 힘 들어가면 물팔매가 된다네

# 남

- 낙동강 · 331


낙동강 하류에는 별의별 것 다 모이지만
모든 걸 한데 엮은 물길 하나 흐르데요
칠백 리 긴 인생길에 온갖 것이 섞이데요

처음엔 모른답니다
살다 보면 알지요
이 골 저 골 솟아 나온 낯선 물방울들이
긴 강에 함께 뒹굴길 상상이나 했겠어요

만나고 헤어지고
미워하고 좋아하고
멀리든 가까이든 결국은 한 줄기 강
한 생애 흐르다 보니 남도 남이 아니데요

# 하늘

- 낙동강·453

하늘 아래 살면서 하늘을 잊을까 봐

땅만 보고 살면서 하늘을 모를까 봐

강물은 땅을 가르며 하늘 담아 흐른다

# 강도 꽃을 피운다

- 낙동강·356


거목 한 그루가
육지로 뻗어 있다

난바다 어드메쯤 깊숙이 뿌리박고
반도의 척추 따라 대륙을 향해 가다
태백의 젖꼭지에 우듬지를 담갔다
백두대간 아름드리 둥치에도
늘상 바람은 불어
일렁이는 파도 새겨 세월 껍질 두르고
가느다란 잔가지들 촉촉한 손길 뻗쳐
이 들판 저 산자락 휘돌아 감돌아
찰랑찰랑 넘치는 물꼬에

사람들
옹기종기 모여
꽃망울로 매달렸다

# 서낙동강

- 낙동강·452


서낙동강 물굽이는 가슴 폭도 저리 넓어
수수만년 함께 흐른 본류를 에돌아서
강서의 너른 들판을 넉넉하게 다 적신다


대저 수문 돌아들어 종종걸음 오십 리 길
샛강들 다독거려 이랑마다 눈길 주곤
조만강 물길 보듬어 모래섬도 쌓았다


치마폭 주름주름 강마을을 품은 모정母情
난바다 거친 파도 녹산 수문에 막아놓고
떠나는 발길 아쉬워 노적봉을 맴돈다

# 노인 예찬

- 낙동강·535

인생을 되돌린다면 어느 때로 가고 싶어요?
70회 내 생일날 자식들 묻는 순간
난 싫어. 안 돌아갈 거야. 그 고생을 왜 또 해!

몇 년 후 지금에도 그 생각 변함없다
젊은 날 숱한 고뇌 두 번 다시 겪기 싫다
이 좋은 태평성대에 원도 한도 미련도 없다

천방지축 구절양장 온몸으로 부딪친 길
끊어질까 뒤집힐까 아슬아슬 넘겨와서
이제야 푸른 강물에 윤슬 찰랑 빛나는데

年年歲歲花相似에 歲歲年年人不同이나*
해마다 또 피는 꽃 무슨 영광 있을까
단 한 번 누리는 인생 곳곳마다 꽃 아니랴

* 유희이의 대비백두옹(代悲白頭翁) 시구에서 차용

# 나목裸木에 관한 명상

- 낙동강·462

강의 뼈대가 되어 들판에 꼿꼿 섰다
가지 뻗고 뿌리 내린 아버지의 견고한 혼魂
꽁꽁 언 강의 몸피로 나무껍질 거칠다

긴 물길 끌고 오며 엮고 맺은 꽃과 열매
한 잎 한 잎 풀어헤쳐 훌훌 떨쳐내고
온몸의 물기도 말라 맥박 소리 앙상하다

마지막 몰아쉬는 이승의 된숨 소리
굵은 나무줄기 점점 기울어지다
저 나목 자리 눕는 날 새 강 두엇 열리겠다

# 채석강彩石江에서

- 낙동강·330


풍랑에 절은 사연
온몸으로 새겼어도


켜켜이 쌓은 책이
돌로 굳은
시간의
벽


난해한
상형 앞에 서서
겉표지만 훑는다

# 서낙동강 물길

- 낙동강·481

초선대를 지척에 두고 어찌 그냥 가리
함께한 천삼백 리 대동에 발끝 닿자
아쉬운 발길을 돌려 김해 땅을 파고든다

선암仙岩 바윗등에 칠점산 신선 불러
장군차 따르면서 시 한 수 읊은 여정
가락을 휘돌아 들자 오봉산이 외롭구나

옛 가야 물길 실은 조만강아 잘 있더냐
둔치도를 얼싸안고 장낙포를 돌아들면
노적봉 푸른 파도 너머 가덕도를 만나겠네

제2부

# 5%만 미치자

# 5%만 미치자

- 낙동강·531

미풍에 출렁이는 물결만큼만 미치자
남실남실 물이랑에
어리연 노란 꽃잎
그 꽃잎 눈길 맞추는 갈대만큼만 미치자

멈춘 듯 숨을 죽인 밋밋한 물길 보면
비단길 펼쳐 놓은 유유한 물굽이도
강물에 비친 그림자 납덩이로 잠겼더라

바람 거칠게 부는 강둑에 올라서면
갈기갈기 찢긴 비단 솔기솔기 곤두서고
켜켜이 날 선 물이랑 춤사위도 칼이더라

납도 말고 칼도 말고
꽃물결로 출렁이자
갈댓잎 입에 물고 5%만 살짝 미쳐
한 송이 풀꽃을 꺾어 머리에다 꽂아보자

# 고목

- 낙동강 · 476

상처도 곱게 아물면 예술이 되는구나
바람 물결 일렁이는 당산목 거친 몸피
겹겹이 제 살을 저며 추상화 한 점 새겼다

여울목 마디마다 세월의 옹이가 맺혀
살점이 패인 둠벙, 혹으로 솟은 둔덕
굽은 등 처진 어깨에 뭉개진 손등 발등

잎잎이 뒤척이며 속울음 삼킨 밤을
푸른 피 버무려서 목각으로 굳은 상징
촘촘한 곁가지들은 휜 등골 뜻을 알까

저 흉터 뒤집어보면 속살은 또 성할까
오래 살다 보니 나무도 강을 닮는지
파도를 칭칭 휘감아 허연 물길로 굽었다

# 구포역 소묘

- 낙동강·497


모녀가 차창 너머로
손을 마주 흔든다
만면에 웃음을 띤 행복한 이별이다
기차가 움찔, 흔들리자 엄마 표정 굳어진다

서서히 미동하는 기차의 육중한 몸짓
엄마는 눈물 훔치며 빈손 흔들고 섰고
얼굴빛 해맑은 딸은 핸드폰에 취한다

기차는 당연한 듯 철길을 내달리고
강물은 당연한 듯 바다로 흘러들고
나 또한 당연한 듯이 시 한 수 긁적이고

# 행로

- 낙동강·480


혼자
가려거든
물방울로
굴러가라

함께 가려거든
물줄기로 엮어 가라

끝까지 가고 싶으면 강물로 섞여 가라

# 문명인의 연애 양상 연구

- 낙동강·468


1. 연구목적 및 방법
팽팽한 물길 삭아 수증기로 올라가듯
아랫도리 양기가 입으로 돋는 계절
색<sup>色</sup>머리 돌돌 굴리려 연애 양상 탐구하다


영장류 연애 기법 샛강만큼 다기<sup>多技</sup>하여
부귀빈천, 싱글커플, 행위주체 분류한 후
층위별 심층분석으로 핵심 특성 추출하다


2. 양상에 따른 특성
왁자지껄 중년남녀 음담패설 육담연애
속닥속닥 호호하하 수다쟁이 쫑알연애
호젓한 카페에 앉은 청순남녀 눈빛연애


혼자 미친 짝사랑에 양다리 삼각연애
나 홀로 종합연주 손맛뿐 허방연애
초월한 구름 세상의 마음 비운 참선연애

꽃각시 숨겨놓고 맘 졸이는 시앗연애
황홀한 조명발의 옷만 벗긴 육탄연애
은근히 훔쳐보면서 침만 삼키는 꼴깍연애

조물주가 작심한 끼리끼리 동성연애
성인용품 기술연애 요상망측 뒷문연애
별의별 전개양상에 스와핑swapping도 선보이다

급변하는 시대상은 SNS 소통이라
인터넷 검색檢索연애 원거리 카톡연애
익명의 은밀한 강에 미끼 던진 낚시연애

3. 결론
허구한 연애 중에 고금동서 유일전통
복잡다단 절차 속에 온 세상 축복받는
전천후 종합연애 세트set 부부간 독점연애

까닭 모를 까탈 부려 속창도 뒤집지만
요리조리 자유자재 호흡도 딱딱 맞아
마누라 쌍돛배 타고 푸른 강물 흐르다

# 가을, 밤비 1

- 낙동강·469


가을비 내리는 밤 마음은 촉촉시정詩情
낙엽 진 내 머릿속 앙상한 가지들도
뿌리에 촉수를 뻗어 물을 자아올리네

마른 강 시정들을 올올낱낱 풀어헤쳐
잎과 꽃 그릴 욕심 연필심 돋우는데
빈 가지 툭! 부러지며 강바닥을 메어치네

# 가을, 밤비 2

- 낙동강·470


가을비 쫑알쫑알
도란도란 내리는 밤
앙상한 나무들이 속맘까지 다 주는지
마른 강 이 내 마음도 잎잎이 다 젖는다

내 맘은 젖은 낙엽
구멍 뚫린 송송낙엽
시정詩情 넘치는 강에 배 한 척 띄워 두고
이 세상 어느 여자든 쫑알연애 하고픈 밤

# 가을, 밤비 3

- 낙동강·471


쫑알쫑알 오던 비가 우라당탕 왁자하다
고독 영혼 있나 싶어 외등을 밝혀 보니
늦가을 밤비 서정에 강줄기만 팽팽하다


이리 전전輾轉 저리 반측反側
검색檢索연애 한창인데
자던 아내 촉이 살아
'안 자네. 지금 몇 시?'
쾌재라! 독점연애 찬스
더듬으니
그새 자네

# 밀물처럼

- 낙동강·521


강물도 여울지는
지금은 들숨의 시간
흙탕물 빨아들이는 물마루는 아득한데
난바다 멍든 허파는 어디쯤에 부풀까


날숨, 한 번 더 참고 부유물 들이키면
찰박찰박 드러나는 개어귀의 여린 속살
갯벌로 펼쳐 보이는 가슴 폭은 풍성하다


바람 잦은 물길 행로
칼 파도에 베인 상처
숨 한 번 들이키고는 잠시 멈춰보자
들숨이 깊어질수록 그윽해지는 푸른 눈빛

# 겨울 다원에서

- 낙동강·351


봄 같은 겨울빛이
둔덕에 질펀하네

낙동강 끝자락에 포근히 안긴
다원의 세밀
흘러온 굽이만큼 넉넉한 강물에
고깃배 두어 척
내려다보이는 차실茶室
어느 대갓집 낡은 툇마루였음직한 찻상 위의
빈 찻잔들도
봄 같은 겨울 햇살 받아

사람들
마음만큼이나
따뜻하게 데워졌네

# 비꽃

- 낙동강·483


강물에 비 내리면 만 평 꽃밭 출렁인다
쏟아지는 투명 살점
화답하는 강의 몸짓
물방울 활짝, 솟구쳐 피어나는 꽃잎꽃잎

살점의 무게만큼 패이는 수면 위에
넘실대는 꽃가루
출렁이는 꽃향기
흥건한 꽃잎 농익어 하늘 아래 물길이다

# 물이랑 기억

- 낙동강·485

우리 사는 강은
그림자만 흐르느니
산이 솟았어도 뿌리 없이 잠겨 있고
소나무 우뚝 섰어도 일렁이는 어둠이리

우리네 숱한 기억은
한낱 물이랑일 뿐
그대가 바람이라면 강에는 바람 불고
그대가 또 구름이라면 구름 이는 강물이리

그림자 흐르는 강엔
생각만 잠겼으리
깊이를 알 수 없이 반짝이는 그을음은
물빛에 어른거리는 그대 만든 기억이리

# 이강伊江 오버랩Overlap

- 낙동강 · 477

얼마나 깊은 공덕 가슴으로 새겼을까
용문굴 석산 절벽 빼곡한 봉방석굴蜂房石窟*
불심佛心은 흔적만 남아 물길 위에 허허롭다

세월 속 인심들이 풍우보다 모질게 닿아
눈, 코, 귀, 입도 없이 뭉개진 조각상들
장강長江은 오불관언吾不關焉이라
묵언默言으로 흐르나니

돌에 새긴 마음도 저리 흉흉하거늘
모래톱에 찍은 발길
어느 세월 유전流傳하리
서안 땅 이강伊江 물빛에 낙동강이 되비친다

* 마오쩌둥(毛澤東)의 문화혁명 때 홍위병에 의해 파괴된 중국 이강(伊江)
  의 석굴 유적

# 우듬지는 꽃을 피우지 않는다

- 낙동강·510

가볍게 흔들려도
뜻은 천근이다
영광도 고통도 한 몸에 받으면서
시퍼런 의지 하나로 외롭게 솟은 깃발

곁가지 떨쳐내고 높이 세운 외줄기에
열매 맺을 꽃눈 대신 하늘 눈 듬성 달고
어둔 밤 별빛바라기로 먼동 빛을 찾는 나무

긴 강 도래샘에도
외로운 뜻 솟고 있다
풀 한 포기 범접 않는 영롱한 물방울로
물길을 밀고 또 밀어 강마을을 꽃피운다

뜻으로 일어서서 빛으로 길을 여는
불면의 푸른 깃발

부서지는 물머리

세상을 꿈꾸는 이는 꽃을 피우지 않는다

# 천자도 나루터

- 낙동강·363


혹여나 아시는가
옛날, 그 나루터

돌모퉁이 강바람에 돛이 팽팽 부풀면
기우뚱 나룻배가 가르던 푸른 물살
성산 오일장에
막소주 한잔 걸친 순이네 아버지
기우뚱 모걸음질로 바장이던 강언덕

장낙포 먼 나루를 손차양을 하고 서서
엄마의 장바구니 마중 나온 그 가시네
파란 물 그리워
찔레꽃 짙은 향기 또 듬뿍 담아 와선
수줍은 반백半白이 되어 이 강둑을 걸을지도

혹여나

아시는가, 그대
천자도 이 나루터

# 여의주

- 낙동강·411


승천의 푸른 꿈을 방울방울 아로새겨
금빛 비늘 반짝이는 칠백 리 물굽이가
짙푸른 용틀임으로 일어서는 강의 하구

수평선 먼 하늘 향해 비상의 나래 펼쳐
치켜든 용의 머리 입에 문 진주 한 알
갯바람 파랗게 이는 푸른 낙원 을숙도

# 막내 1

- 낙동강·327


부모랑 같이 늙는
맏이는 참 좋겠다

할머니 할아버지 같던 엄마 아빠
외손자와 다투던 막내의 엄마 젖
칠순에 막내며느릴 보신 부모님
세월은
강물 따라 어느덧 하류에 맴도는 나도
그때의 부모님 나이, 지금 생각해 보면
아버지 좋아하시던 생선회
어머니 입맛 돋우던 대구탕
까짓 매일매일 해드릴 수 있는데
아버지의 강, 흐릿한 물거울에 반사되어
이제사 두 눈에 보이는

늙으신 우리 부모님의
쓸쓸했을 그 허기虛氣

# 막내 2

- 낙동강·328


포도송이 층층시하
어리광도 했겠지만


물려 입고 얻어 신던 어린 시절
설팔월에도 마루턱
각진 기둥 모서리에 눈만 빼꼼 내놓고
- 행여나 -
눈치만 보다
긴 강둑 혼자 걸으며 몰래 눈물 훔치면
갈대도 웅성웅성 저들끼리 어울리고
강물도 모르는 척 제 갈 길만 흘렀는데
두 살배기 막냇손주
제 언니 가리키며 가장 자주 쓰는 말은
- 나도! -
어른이 안 들어주면 언니 머리채도 당기지만

여전히 겁은 나는지
구석으로 도망간다

# 굽이와 고비

- 낙동강·478

강물도 흐르면서 몸살을 깊이 앓는다
숱한 굽잇길을 유유히 감돌지만
뒹구는 물방울들은 고비마다 숨이 차다

바윗등 넘어서면 벼랑길로 떨어지고
가풀막 지나면서 자빠지고 또 소쿠라지고
물기둥 높이 세웠다 거품으로 가라앉고

한 굽이 넘어서면 또 한 고비 마주치고
정말로 끝장일 때도 새로운 길을 만나는 삶
바다를 만나기 전에는 강의 끝이 아니다

# 시화 詩畵

- 낙동강·533

너 또한 영락없이
소리 없는 아우성
강둑길에 낭자한 '날 좀 보소' 저 몸짓은
푸르른 강물을 향한 영원한 노스텔지어*

시정은 물결같이 코앞에 나부껴도
외로 걷든 떼로 걷든 무심한 상춘객들
눈길은 봄꽃바라기 투명유리 스쳐 간다

맑고 곧은 푯대 끝에 펄럭이는 애수 한 장
꽃바람 물길 속에 이념은 조각나고
시심을 아로새긴 백로 날개마저 부러졌다

출렁이는 물길에도 물 한 방울 목마른 강
시대의 이 강둑에
아, 누구던가

애달픈 마음을 적셔 허공중에 매단 그는

* 유치환의 <깃발>을 패러프레이즈(paraphrase)함.

# 제3부

# 고독 누리기

# 고독 누리기

- 낙동강·536


물길 속 낭창낭창 함께 섞여 흐르다가
세상에서 뚝, 떨어져
물방울로 웅크리면
날바다 검은 이랑 위 외로운 섬 되겠지


천지사방 휘저어도 망망대해 적막강산
잿빛 어둠 속에 돌돌돌 몸을 말 때
외로워 유유자적한 고독 한 번 누려보자


물방울 톡, 깨뜨려 석벽에 창을 열면
파도에 바람 실어 갯바위엔 꽃이 피고
물새는 목청 다듬어 머리맡을 맴돌겠지


몽돌끼리 도란도란
달빛에 호젓한 밤
옛 얘기 실꾸리를 올올 잣는 고치려니
명주실 다 풀릴 즈음 날개 한 쌍 달겠지

# 인생

- 낙동강·513


뱃길은

만경창파萬頃蒼波에


뭍길은

구절양장九折羊腸

# 서낙동강 숨소리

- 낙동강·539

누구는 말하기를
허파까지 뒤집혔다고
또 누구는 전하기를 막숨소리 거칠다고
물맛도 끝장났다고 흉흉하던 서낙동강

텃새들 다 떠나고 참조개도 흔적 없어
찢기고 뭉개지고 휘어진 등짝으로
긴 밤내 밭은숨 쉬며 가슴앓이 뒤척였지

강은, 깊고 긴 강은 앓으면서 흐르나니
이 세상 아픈 사연 함께 품을 물길이라
잎잎의 은빛 이랑은 흉터 자국 아니던가

윤슬로 반짝이는 불멸의 푸른 몸짓
긴 강변 갈댓잎들 춤사위 선율 맞춰
물굽이 낭창낭창한 진양조로 숨쉬네

# 강의 너레

- 낙동강·479


강은 밤이 되자 깊은 시름에 잠겼다
세상은 그냥 자라고 싸늘한 눈빛인데
바람은 깨어나라고 마른 갈대를 흔든다

강변 갈대들은 앙상한 촛불을 살려
우우우, 입을 모아 함성을 지르지만
견고한 빙벽 앞에서 부서지는 잔파도

찌푸린 하늘에는 성깃한 별빛 몇 알
추수가 끝난 들판은 겨울잠이 포근한데
긴긴밤 온몸 뒤채며 얼다 녹다 지새운 강

갈대숲 강바람에 밤새 울던 겨울 산은
들판을 내려다보며 털을 세워 웅크렸고
강물은 몸살을 앓아 울퉁불퉁 일그러졌다

# 고향 아지랑이

- 낙동강·507


물길 따라 흐르다
되돌아온 고향은
짧은 세월에도 뭉개지고 허물어져
아득한 상류 그쯤에 기억만 뭉쳐 있다

아무리 발돋움해도 거스를 수 없는 물길
있어도 없는 실체
없어도 남은 과거
고향은 물속에 잠긴 가슴 속 아지랑이

# 외양포 사람들

- 낙동강·519

평생 밟은 내 땅 위에
내 집 한 칸 갖고 싶소

아직도 비극의 땅
가덕도 외양포는 100년 몸살 앓고 있다
토착민 울음 실은 대포 소리 잦아들어
푸른 바다 물결 따라 꽃구름 떴다지만
돌밭을 후벼내던 손가락 마디 닳고
묏기슭 오르내린 무릎관절 부서진 땅
국수봉이 보증 섰던 우리 삶터 아니던가
역사는 돌고 돌아 관광객 몰려와도
그 역사 그 관광은 다시 또 가시 되어
꽃구름 옛 파도는 갯바위에 부서질 뿐
쫓겨난 핏빛 울음 못 달래준 세월 속에
사람 사는 세상에도 주름 깊은 외양포
오가는 파도 위에 윤슬 조각 부서진다

누가 또
저 어진 눈빛을
글썽이게 하는가

# 꿈꾸는 물방울

- 낙동강·464

그대 보았는가
꿈꾸는 물방울을
날개 없는 치어들의 반짝이는 비상飛翔으로
알알이 명멸明滅하는 꿈, 길을 찾는 물머리

빛과 빛 몸을 섞어 교직交織하는 꿈의 조각
외마디 추락으로 소용돌던 물길 엮어
직진의 유연한 질주
꿈의 입자粒子 보았는가

온몸 부서지는 숙명의 퍼즐 찾아
천만 길목 돌고 돌아 다시 펼칠 꿈의 종언終焉
그 모천母川 등지고 가는 연어의 길, 생명의 꿈

# 벼랑 끝에서

- 낙동강·492


물줄기가 뚝, 끊어졌다

돌아서서 눈을 감았다

손톱 발톱 곧추세워

사
    다
리
    를
만
    들
었
    다

긴 강은 벼랑 아래서 날 기다리고 있었다

# 강의 땀

- 낙동강·448


바다가 짠 까닭은
강이 흘린 땀 때문이다

땀은 노동의 꽃망울
강물은 유람하듯 흐르는 것이 아니다
앞산 솔잎보다 더 많은 실핏줄로
깊은 골 휘어 돌고 너른 들 굽어 돌아
땅 위 시든 풀잎, 땅 속 생채기에
제 살점 토막 내어 방울방울 스며든다
먼 길 갈수록 염도가 높아지는 강물
하류의 강둑에 기대어 허위허위 걸어가는
등 굽은 노인의 물마루가 시퍼렇게 짠 것은
긴 생애 쉼 없이 적셔온 푸른 노동

강물의 구릿빛 땀방울
녹아들기 때문이다

# 박재삼 문학관 추억

- 낙동강·520


진주 남강 오명가명
반짝이던 동전 한 닢*

자죽자죽 걷던 강둑
울 엄매 발길 톺아

물길도 서정을 담아
글썽이며 흐르누나


*박재삼 <추억에서> 이미지 인용.

# 부산 시조시인 편편산조

- 낙동강·528

흘러, 시조 천 년
낭창낭창 물길 위에
강바람 간들간들 나부끼는 윤슬 조각
한여름 매미 날개로 편편엽엽 반짝인다

잉어 꿈 한 생애를 역류하는 샛강 붕어
강물 위 조각보를 낱낱샅샅 톺아보니
부산의 시조시인들 이미지를 새겼더라

용두산 정기 받아 팔각정자 다듬더니
버드나무 육각기둥 김상훈 기웃하고
노래하는 갈가마귀 박달수 날개 넓다
양원식이 돌리는 사방무늬 쳇바퀴에
왕대숲 옛 메아리 임종찬 화답하고
전치탁 맞장구치는 갖춘마디 변주곡
암반 위 곰솔로 선 정해송 어깨 저편

솔밭 너머 참나무 류준형 낙엽 지고
하구둑 도요새 이성호 포르르 난다
주강식 던져주는 유리 조각 신우댓잎
솔숲에 이는 안개 김용태 얼른 품어
띠구름 그윽한 정자 돌담집도 멋이네

여류 시인 굽어 도는 꽃물길 다채로워
바람 언덕 백목련 박옥위 그늘 건너
붉은 장미 꽃다발 전연희 밭 고르네
여우 꼬리 스피츠 정현숙 내달으니
정자 마당 해당화 이말라 붉게 피고
꼬리 세운 갈색 고양이 손영자 스쳐 간다
단풍 호수 황포돛배 윤원영 얼핏 뵈자
재 너머 들국화꽃 제만자 향을 뿜고
모래땅 붉은 민들레 정인경 목청 맑다

자상히 살펴보니 춤사위도 그려 넣고
더러는 시적 특징도 은근슬쩍 고명 얹어
버무린 긍정과 부정 상징성이 난해하다

장강의 깊은 속뜻 우리 어찌 다 알랴만
연미복 입은 참새 정해원은 변함없고
색즉시공 김현우는 서책 품은 문어렸다
해금 켜는 직박구리 백승수 운율 깊고
찻물 배인 백자 다관 안영희 빛깔 곱고
당초무늬 분청대접 하경민은 넉넉하다
사하촌 시월 연잎 황다연 빛 가을인데
벼랑바위 갯고동 전일희는 고향 갔나
서북향 붉은 해바라기 이숙례도 먼 빛이네

시조 가락 어울마당 일고 잦는 물길 여운
고개 내민 강둑 거북 강신구 엉금 기고

뒷동메 조릿대 꺾어 전병태가 외로 돈다
연꽃 아래 가물치 심성보 풀쩍 뛰자
파도 타는 나뭇잎 최해진 출렁이고
올챙이 품은 두꺼비 서관호는 요지부동
구르는 징검돌로 박정선 넘나들고
유월 나도밤나무 김소해 시절 타니
싱거운 천일염의 이상훈 표 차반 좋다
청태 덮은 석비레 담 최연근은 비 맞았나
옮겨 심은 회화나무 이석래 착근할까
툇마루 복륜 춘란꽃 장명웅은 분째 없네

업적 큰 선배님들 길고 굵은 발자취들
욱은 솔밭 화초 같은, 깊은 강 잉어 같은
시조단 함께 엮어갈 새 물줄기 여럿 있네

손증호 몸사위는 갯바위에 얹힌 소금

둠벙의 참개구리 변현상 노래 굵고
늦가을 무화과 열매 은근 달짝 우아지라
벚꽃길 산벚나무 배종관 자드락에
길섶 조팝나무꽃 최성아 낮게 피고
돋을무늬 야생화밭 이광도 어울렸네
산책길 참달팽이 이양순 살금 기니
반쯤 벙근 붉은 작약 정희경 만개한데
부뚜막 얼룩고양이 이옥진은 털갈이 중
뒤란 자색 꽃창포 김정이 머리 감자
국립공원 봉선화 김덕남 씨방 영글어
긴 강둑 천지사방이 부산 시조 터알이라

이 세상 천만 빛깔 향 없는 열매 없어
시가 과일이라면 시인은 꽃이려니
벗네들 함께 어울린 풍류 세월 아니런가

아는 듯 모르는 듯 말 없는 물길 따라
무심한 바람결에 방울방울 새긴 서정
행여나 파도 일어도 그냥 그리 여기소서

* 시조시인 이미지는 2018년 여름 기준임.

# 화전놀이

- 낙동강·494


봄은,
정감 어린 봄은
꽃달임이 몰고 온다
양짓골 진달래가 꽃자리를 펼칠 즈음
연둣빛 웃음 지으며 옹기종기 모인 산봉


산새 노래 버무려서 노릇노릇 흥이 달면
바윗등 뒤로 돌아 곁눈질하던 시냇물
봄소식 동동 띄워서 종알종알 꽃길 간다


먼 산 꽃빛 정담情談이 방울방울 맺힌 소문
자글자글 메아리 진 강마을 저녁답엔
꽃달임 아지랑이가 도란도란 번지겠다

# 서운암 여름 운<sup>韻</sup>

- 낙동강·496


통나무 곧추세워 세상을 떠받쳤다
도량<sup>道場</sup> 곳곳 뜻이 모여 녹음 짙은 영축산에
사는 게 인연이라고 득음<sup>得音</sup>으로 우는 매미


서릿발 품은 맘도 은혜로 녹아내려
운무<sup>雲霧</sup> 자욱한 기슭 청정수 흐르는 골짝
암자는 눈 지긋 감고 세상 소리 다 담는다


* 2016. 8. 20. 부산 시조시인협회 회원들이 '통도사'와 '서운암'을 두운
  으로 시회를 열었다.

# 절영해안로 絶影海岸路*

- 낙동강 · 407


해안로 산책길은 가도가도 푸른 꿈길
하늘빛 바닷물에 솔숲 몇 폭 수를 놓아
인간사 한 빛이라며 수평으로 펼쳤더라

갯바위 내려서면 옹기종기 따개비들
우리네 사는 모습 이런 거 아니냐며
해변은 하얀 미소로 치맛자락도 걷어 뵈고

일고 잣는 풍랑 속의 힘겨운 하루해도
난바다에 반짝이는 조각보 삶이라고
바람도 파랗게 불어 옷소매를 당기더라

인생이 강이라면 바다는 꿈의 수평
높고 낮은 골짝물이 꽃잎으로 흘러내려
그 해변 걷는 사람도 은빛 금빛 꽃이더라


* 절영해안로: 부산 영도 해변 산책길.

# 낙엽

- 낙동강·505

획,
날아온
엽서 한 장
한해 일지 목록이다

세세한
기록들을
낱낱이 읽어 보라고

강물은 바람을 불러 책갈피를 뒤적인다

# 제4부

# 강물에 지은 죄

# 강물에 지은 죄

- 낙동강·488


물빛이 다르다고 돌멩이 던진 죄

물맛이 낯설다고 침 뱉어 더럽힌 죄

근본이 개천이라고 손가락질로 모욕한 죄

# 원수에 대한 소고 小考

- 낙동강·329


물과 불 부딪히면 둘 중 하나 죽는다
태우고 꺼뜨리는 앙숙의 관계지만
물과 불 조음체계調音體系는 한 울타리 DNA

굳이 다르다면 양순음兩脣音의 성대聲帶 진동
유성음 무성음의 그 차이를 생각하며
깜깜한 강둑에 서서 불로 타는 세상을 본다

# 혁명

- 낙동강·516


저기 저, 시위 보게
저게 바로 혁명이야
낡고 병든 물길 속에 온몸 함께 부서지며
뒤틀린 강의 가죽을 홍수로 벗기는 거야

강둑에 비켜서서 깃발만 흔들다가
상처 난 물방울들 난바다로 밀쳐낸 후
그 가죽 뒤집어쓴 건 혁명 아닌 반역이야

혁명의 물머리는 앞만 보고 가는 거야
꽃으로 필 물방울들 푸른 강에 남겨두고
제 한 몸 수평水平이 되는 그게 바로 혁명이야

# 악의 씨앗

- 낙동강·517


참,
예의도 밝제
기일忌日은 조신해야지


선대先代의 악의 꽃이
황토강에 뿌린 씨앗


만고에 지극한 효성
흘러흘러 유취만년遺臭萬年

# 무등산 낙동강

- 낙동강·518


빛고을 망월동에 난해難解한 한글 비문

찢어진 지도 사이의 돌비석이 아프다

# TV

- 낙동강·499


이 세상 흙탕물길 올올이 다 끌고 와서
동아줄로 묶어 놓고 꼭두놀음 신명나는

허공에
일렁이는 물결

총천연색
헛바닥

# 현수교

- 낙동강·340*


노오란 꽃구름이 동산에 번진 새벽
무너진 임의 꿈이 절벽에 다시 살아
현수막 무명 한 폭이 온 나라를 덮었네요


노랫가락 흥얼대며 자전거로 돌던 고향
무한량 행복으로 '사람 세상' 보여주던
현미밥 구수한 맛을 이제사 깨닫네요


노을 밟고 가시는 길, 짐은 다 놓으소서
무명실 한 올 한 올 저희들이 다 거두어
현수교懸垂橋 다리를 엮어 길이 밟고 가오리다.


* 대통령 추모시집('2009)에는 낙동강 일련번호 없이 부제를 사용했음.

# 도보다리 무성영화

- 낙동강·527


물줄기는 없어도 강은 흐르고 있다
표정으로 이어지는 남북정상 벤치 대화
세기의 무성영화를 독해 중인 관람객들


혈육 간 담소인 듯 시대의 담론인 듯
행여나 어색할까 멧새 가끔 지저귀고
조팝꽃 하얀 미소가 신록으로 번진다


분단선 표지판은 민망해서 녹이 슬고
새파란 난간 따라 가슴으로 틔운 물꼬
한반도 '하나의 봄'은 총천연색 상영 중

# 색소 난청

- 낙동강·502


참, 이상도 하다
저 소릴 못 듣다니


물굽이 몸부림이사
생떼라 치더라도


온몸을 던지며 우는
폭포 소리도 못 듣다니


흐르는 강줄기가
어디 단색이던가


청홍에 흑백도 섞여
강이 되는 것 아니던가


색깔이 나와 다르다고
소리마저 못 듣다니

# 강물 홀로 아리랑

- 낙동강·522


제주도 앞바다에 물질하는 저 해녀야
이 세상 온갖 소식 한데 섞인 조류 속에
어머니 젖내음 배인 탯줄 하나 찾았느냐

갯바위 깊숙한 골 웅크린 여울목에
4·3도 6·25도 낱낱이 스며 있어
해삼도 소라 전복도 휘어감은 물줄기

한라산 제주에서 난류에 엮어 가다
태백산 낙동강물 너도 가자 칭칭 동여
백두산 두만강물을 독도에서 맞게 하라

남북을 오르내리는 동해바다 맑은 물에
헝클어진 머리 감고 맞손 잡고 일어서서
반도의 용오름 되어 아침해를 솟게 하라

# 악마의 손톱

- 낙동강·457


아우슈비츠 철조망은 악마의 손톱이다*
겹겹층층 철사줄에 짐승의 피가 흘러
애자碍子는 고압전류를 감고 허연 이빨로 웃고 있다


강철 혈관 마디마디 꽃판으로 핀 손톱에
베를린도 베트남도 예멘도 잘린 허리
내 유년 낙동강 하류 관절關節도 할퀴었다


피도 흘러, 전류도 흘러 망각의 물길인저!
상처들 아물면서 흉터관광 성업인데
휴전선 손톱에는 여태
선지피 뚝, 뚝, 흐른다


* 아우슈비츠 수용소 벽에는 독가스 살해 당시 손톱자국 흔적이 고통으
  로 선명하다.

# 잔인한 극장, 2014*

- 낙동강·458


아우슈비츠 가스실 벽 손톱 절규 구경한 날
유태인 옛 망령이 가자Gaza에 되살아나
TV는 꽃불 터지는 영화 상영 한창이다

반도의 휴전선에도 낙동강 포성 부활하여
불후의 명작들을 시리즈로 보는 오늘
피눈물 흐른 역사도 강이라서 불멸이다

* 잔인한 극장: 유태인들이 가자(Gaza) 지구 폭격에 환호하는 이스라엘
  스데롯 언덕.

# 다뉴브강의 6·25

- 낙동강·459


푸른 다뉴브강이 최악의 범람이란다
붉은 물길 바라보며 기억나는 춘수의 시
한강은 저리 조용한데 왜 다뉴브는 범람인가


한강도 다뉴브강도 폭염 내리쬐는 2014년 7월 한여름
푸른 초목이 온 누리를 덮어 시원한 오후 무렵
뒤척이는 다뉴브강
맑고 잔잔한 요한 스트라우스 선율을 찾지 못해
고개 숙여 공수拱手한 〈영웅광장〉
쥐새끼보다도 초라한 죽음의 13세 소녀를 기억하며
장엄한 광장에 서서 반추하는 두 편의 같으면서 다른
춘수의 시
「부다페스트에서의 소녀의 죽음」
자유정신 원작 시와 반공이념의 개작시
1957년 [사상계]에 발표한 66행 원작시의 기억으로
70년대 중반 국어시간에 가르쳤던 49행의 개작시!

청년 교사였던 나는 유신 독재에 대한 두 번째 혼돈을
겪고 있었다

첫 번째 혼돈은 1972년 가을이었다
시골 중학교 초임 국어 교사였던 나는 10월 유신 홍보
대사로 차출되었다
밤마다 마을을 돌며 집회소에서 연설을 했다
희미한 백열등 아래 앉은 동민 20여 명의 구석자리에
두 명의 사복경찰이 팔짱을 낀 채 서 있었다
'박정희 독재'가 입에 익었던 젊은 교사의 언어 통제를
위해 교무주임이 내 옆에 앉았다
나는 나의 안전과 자존심을 동시에 살리기 위해 국제
정세를 논했다
우방국 대만의 UN 축출!
검은 칠판에 세계지도를 그렸다. 한국도 대만도 너무
나 작은 땅덩어리

국제적 강국 대만의 쇠락을 통해 한국은 정신 차려야
한다는 우회적 유신 지지 연설
연일 받은 박수갈채, 놀라운 사실은
강연이 거듭되면서 어느새 내가 자기 세뇌를 겪고 있
다는 것이었다
유신 선포 무렵 학교를 옮기고 기억은 희미해져 갔다
군대를 거쳐 다시 자리잡은 고등학교 선생
꽃의 시인 춘수를 국어교과서에서 만났을 때
「부다페스트에서의 소녀의 죽음」에는
생뚱맞게도 다뉴브강의 6·25뿐이었다
억압에 저항하던 자유정신은 삭제되었다
20년 전 발표한 대표작 표제시를 왜 개작하였을까
자신의 자유 투쟁 의지 17행을 어디에 버렸을까
마음 약한 베드로가 닭 울기 전 세 번이나 부인한 지금
불면의 밤을 십자가에 못 박힌 사람이 강요한 스물두
살 자유 청년 춘수는 어디로 갔는가

인간은 쓰러지고 또 일어설 것이라던 확신은 쓰레기통
으로 버렸는가
시대는 반공교육이 유신교육의 절정으로 치닫고 있었다
반공정신으로 변절된 춘수의 자유정신
그때도
자유를 찾는 싹은 인간의 비굴 속에 생생한 이마아쥬
로 움트며 위협하고
한밤에 불면의 담담한 꽃을 피우고 있었을까
자유를 찾는 소녀의 뜨거운 피를 꽃피울 새벽닭은 울
기나 할 것인가
닭은 죽고
살고 싶다던 스물두 살 춘수의 치욕이 회생하였을까
음악에도 세계지도에도 있는 한강의 기적을 움켜쥐고
1980년, 서울의 봄이 오기도 전에
동경 세더기야 감방의 불령선인 청년 춘수는 죽고 없
었다

드디어 인과응보

70년대 번졌던 다뉴브 - 한강의 반공교육 독버섯은

5.18 이후 춘수의 황금배지로 활짝 피었다

개작 시인의 목줄에 걸린 유정회 국회의원의 찬란한

무궁화꽃!

꽃의 시인 김춘수가 '몸짓'을 버리고 '이름'을 얻었다

꽃들은 이름 없어도 몸짓으로 아름다운데

다뉴브강에, 한강에, 그리고 6·25 최후의 전선 낙동강에

윤슬로 명멸하는 허망의 금빛 휘장

강물은 흘러 다시 30여 년

한강 물은 유유한데, 다뉴브강은 왜 저리 범람인가

유신을 안고 침묵하던 한강, 분한 저항을 행동하던 다

뉴브강의

형상합금의 기억인가.


헝가리 아픈 분노는 이제 끝났지만

6·25가 진행 중인 한반도 깊은 강엔
춘수의 시가 뒤엉겨 황톳물 굽이진다


* 춘수의 「부다페스트에서의 소녀의 죽음」을 패러프레이즈(paraphrase)함.

# SNS

- 낙동강·506


소나기 내리는 날은 강물이 들끓는다

보글보글 부글부글 바글바글 와글와글

세상의 손가락 끝이 물똥으로 와자하다

# 대한민국 TV, 여덟 시 혹은 아홉 시

- 낙동강·475

강이 미쳐버려 확! 뒤집히면 좋겠다
내장이 뒤집히고 세상이 뒤집힌 밤
황톳빛 강물 흐르다 말라버리면 좋겠다

메마른 강바닥에 푸른 하늘 은하수
그리움에 애태우던 견우직녀 다시 만나
밭 갈고 실 잣는 세상 새로 열면 좋겠다

# 대한민국 대선, 2012년

- 낙동강·373


바다 건너 들려오는 성탄절 폭탄 테러
선택이 다르다고 증오로 부딪는 강
이 땅의 몇십 년 후도 남의 나라 얘기일까


환희와 아쉬움의 변증법은 간데없고
승자는 고소苦笑하고 패자는 얄미워서
앵돌아 흐르는 물길
불공대천의 원수지간


두물머리 세물머리 맞부딪는 강물에서
소용 도는 휘몰이야 상생의 꽃판인데
이 나라 대통령선거는
숫돌강에 칼 갈기

# 강물 변증법

- 낙동강·374

투표는 섞임이다
두물머리 만남이다
이 골 저 골 좌우 흑백, 숨결 거친 물길 모여
한 세상 함께 흘러갈 물머리를 찾는 거다

선거는 강물이다
둑을 따라 흐르는 거다
흑백으로 튀는 비늘, 청홍으로 솟는 물길
시위로 뒤틀리면서 한 몸으로 가는 거다

물머리는 끌어주고 몸통은 밀어주며
꽃 피고 바람 부는 평행의 강둑 사이
긴 세월 부둥켜안고 굽이지며 흐르는 거다

# 진보와 보수, 그리고 강

- 낙동강·487


마당에 섰는 이는
문고리를 노려보고

안방에 앉은 이는
문을 꼭꼭 잠그지만

강물은 숱한 출입구에도 문을 달지 않는다

# 낙동강의 선물

- 낙동강 · 359


낙동강 둑 하나가
귓속을 꽉 막았다

한 생애 물길 따라 하류쯤 다다르니
강둑 너머 들려오는 목쉰 소리들을
이젠 그만 들으란다
해종일 풍덩이며 물에 살던 귀앓이로
귓속에 수십 년을 찰랑찰랑 흐르던 강물
고개 숙이면 사르륵사르륵 귓구멍에 구르는
병아리 솜털 같은 노오란 간지럼
어둠으로 굳어져 점점 멀어지더니
귓속을 꽉 채운 천근 적막

굽이지는 강물이 소리로 흐르더냐고
귓바퀴에 맴도는 적막을
난청難聽으로 들으란다

이슬방울 똑, 떨어뜨린 나뭇잎의 기지개
더러는 눕고 기댄 풀잎들의 부대낌
물병아리 발톱을 감은 어리연꽃 자맥질
강의 맥박으로 몸짓하는
저 묵음默音의 주파수周波數를

청음聽音의
데시벨decibel을 넘은
적막으로 들으란다

# 디지털 영결식

- 낙동강·498

친구 장례가 끝나자 핸드폰을 열었다. 전화번호 체크하고 삭제를 클릭했다. 한 방울 풀잎 이슬이 강물 위에 떨어졌다.

잠시, 흔들리던 가느다란 풀잎 한 장

때마침 불어오는 바람 끝에 몸을 섞고

강물은 그냥 그대로 출렁이며 흐를 뿐

# 가을, 잠자리 죽다

- 낙동강·508

강가 버들가지 끝
잠자리 한 마리
날개를 반듯이 펴 쉬는 듯 죽어 있다
실바람 살풋 스치자 미동하는 엷은 영혼

가볍게 하늘 날며 반짝이던 한 생애가
죽어서 더 가볍게
떠나가는 하얀 날개
물결도 겹눈으로 일어 되비치는 가을 하늘

# 강의 기록

- 낙동강·534


아직도 해독 못한
낙동강 물길문자
구포龜浦에서 구미龜尾까지 거북등에 아로새겨
누대의 삶의 역정이 켜켜이 일렁인다


바람에 돋은 양각
빗물에 패인 음각
석얼음 둥둥 뜨고 너테로 뒤엉겨서
난해한 상형문자로 굽어 내린 천년 물길


강물은 예나 제나 묵언으로 흐르면서
일고 잦는 세상사를 온몸으로 말하지만
사람은 그 뜻을 몰라 거품으로 부침한다

# 세모의 강

- 낙동강·482


강도 한 해 동안 다사다난했나 보다
휘몰아친 길목마다 살점 뚝, 뚝, 떨어져
석얼음 둥둥 뜬 물에 성엣장도 널렸다


겨울 봄 여름 가을
그리고 다시 겨울
논틀밭틀 감돌아들어 에움길 부대끼며
긴 여정 톺아 오느라 뒷굽마저 다 닳았다


햇살 바른 강둑 위에 펄럭이는 깃발 하며
달빛 어린 열 길 물속 얼비치는 손길까지
기억의 날줄 씨줄을 올올 엮는 세모의 강


맥맥히 일고 잣는 물이랑 갈피마다
금석문金石文 상징으로 아로새긴 인간사
온몸에 켜켜이 쟁여 흐르는 강이 있다

# 누에고치

- 낙동강·465


저 명주실 죄다 풀면 몇 권 소설 될까
시간도 똬리 틀어
맴을 도는 요양병원
한 생애 긴 사연들이 고치로 돌돌 말렸다

뽕잎 이랑 물굽이에 절룩이던 종종걸음
아픈 무릎 웅크린 채 한 잠, 두 잠 허물 벗어
명주실 친친 감고 누워 꿈을 꾸는 번데기

후생엔 고운 날개 어느 하늘 날으실까
김해공항 비행기도 비껴 나는 낙동강
하얗게 이불을 덮은
이승의 황혼 무렵

# 종언終焉

- 낙동강·366


긴 강도

바다에 들면

소리 없는 물이 된다

# 파크골프

- 낙동강·529

청운의 꿈을 실어 춘하추동 누볐던 길
쉼 없이 펼친 날개 추억 속에 접어 두고
푸르른 잔디 위에서 남은 여유를 굴린다

한 생애 흐른 물길 홀마다 이어 놓고
가뿐한 40미터, 상큼한 100여 미터
홀인원 꿈꾸는 티샷 오버파면 또 어떠리

샷이야 정확해도 굴곡 따라 구르는 공
우리네 인생살이도 저와 같이 흘렀느니
무심한 구름 벗 삼아 바람 따라 거닌다

# 여인

- 낙동강·466


그녀는 나긋나긋 풀잎으로 다가온다
천년을 휘어 내린 날렵한 청자매병
열두 폭 반물치마로 주름주름 걸어온다

하얀 동정 목덜미에 찰랑찰랑 댕기머리
세모시 적삼 아래 봉긋한 연적가슴
초승달 상큼한 눈매 잔물결로 달려온다

두 팔에 안겨드는 염기艶氣 어린 강바람에
촉촉한 물빛 향기 속살에 스미는 밤
온몸을 저미는 숨결
오! 내 사랑 낙동강

# 서귀포 생각

- 낙동강·454


정방폭포 물길들은 그곳에 닿았을까
파도가 펼쳐 뵈는 하얀 전설을 찾아
수직의 벼랑 아래로 온몸 던지는 물방울


서쪽으로 가는 길목 서귀포 대로에는
붉은 그리움이 알알 맺힌 가로수들
머나먼 난바다 보며 먼나무로 서 있고


한라산 서녘으로 햇살은 이우는데
서시徐市의 삼신산은 흔적도 바이없어
낙동강 물방울 하나 길을 몰라 서성인다

# 산촌에 비 오는 날

- 낙동강·403

점심을 차리는데 마을 어른 전화시다

- 비 와서 일 못하제? 윗등으로 건너오게 -

전화를 뚝, 끊으시며

- 국시 한 사발 삶았다 -

# 강물처럼

- 낙동강·484

흘러가자, 흘러가자
강물처럼 흘러가자
구름도 흘러가고 시간도 흘러가고
내일은 또 어제처럼 물길 되어 흐를지니

휘어진 산자락은 굽어 돌아 흘러가고
막히면 또 쉬었다, 넘쳐서 흘러가고
바다가 그리운 날은 강둑 따라 흘러가자

# 신호마을 사람들

- 낙동강·515

서낙동강 끝자락엔
눈빛 깊은 사람들 산다
난바다로 사라지는 도도한 강물 보며
한 생애 쉼 없는 길도 끝매듭을 생각하고

밀물지고 썰물 들어 일고 잦는 앞바다에
채우고 또 비우는 순리의 갯벌 보며
사는 게 저와 같다고 그 물길을 닮아간다

# 삶

- 낙동강·511

사는 건 한줄기 강물 한데 섞여 흐르는 일

# 꽃노을 서정

- 낙동강·461


나이 들었다고 사랑을 잊었겠는가
차가운 이불깃에 옆구리 허허한데
잠 못 든 베갯머리엔 칭칭 감긴 밤이 길다

나이 들었다고 외로움 없겠는가
해종일 벗삼아도 하염없는 전화벨
눈가에 그리움 맺혀 먼 데 산이 흐려온다

나이 들었다고 꿈마저 버렸겠는가
서산마루 바장이는 엷은 햇살 꽃노을은
한 생애 마지막 그릴 내 뒷모습 아니랴

단풍은 꽃이 되어 가을 산에 수를 놓고
윤슬도 꽃잎 되어 강 하류를 번지는데
나이가 든다고 해서 마음까지 늙겠는가

# 유채꽃밭 사람들

- 낙동강·474

흰 구름 동동 띄운 파란 하늘 한 폭 떠서
낙동강 맑은 강물 한 바가지 퍼 담으면
연초록 펼친 강변에 절로 이는 봄바람

유채꽃 송이송이 샛노란 물결 따라
그리움에 살풋 젖는 상큼한 발길발길
샛노란 꽃향기 속에 나비 되어 거닌다

# 만수받이

- 낙동강·353

마음이 어지러운 날은
강으로 나가 본다

바람에 부대끼는 속앓이 나무 되어
생각의 파편들이 잎잎이 파문 지면
조각난 마음 붙들고 강가에 나가 본다
아래로 흘러가는 순리의 물길 위에
샛바람 꽃샘바람 된바람 늘상 불어
편편이 저민 상처로 일렁이는 푸른 강
모롱이 굽이마다 맞부딪는 바람에도
햇빛 달빛 별빛 실은 가슴 조각 반짝이며
유유한 꽃물길로 가는 만수받이 강을 본다

마음이 어지러운 날은
강으로 나가 본다

# 낙화, 그 후

- 낙동강·495

비 그친 골목길에 꽃물결 낭자하다

아내는 비를 들고 쓸려고 하는구나

잊혀야 그리워지는
절정 지난 꿈이란다

# 바람

- 낙동강·509


우리
사는 세상
바람 잘 날 있으랴만

바람은 어깨바람
바람 실은 바람만 불어

당신의 긴 강물에도
윤슬 가득 반짝이기를…

# 당신의 강

- 낙동강·530


시작이 어디였는지 알려고 하지 말게
물방울 뚝, 떨어진
석간수 한 점 생애
알몸의 오체투지로 강이 되어 흘렀느니


입술 부르트고 허리 휘어지도록
비바람 눈보라에 산을 깎고 들을 돌아
미완의 구절양장을 헤쳐 온 길 아니랴


등짝에 깊이 패인 굴곡의 흉터들은
은빛일 듯 금빛일 듯, 어쩌면 잿빛일 듯
실안개 뿌연 강둑에 나부끼는 물빛 상징


긴 강둑 되돌아보며 허허바다 섞여들면
물방울 강이 되고
그 강 다시 물이려니
마지막 물길 매듭을 알려고도 하지 말게